poetas do mundo

JACOPONE DA TODI

poetas do mundo

JACOPONE DA TODI

Flagelo e amor

Seleção, tradução e organização
de Marcelo Paiva de Souza

Coleção Poetas do Mundo
dirigida por Henryk Siewierski

EDITORA
UnB

Equipe editorial
Rejane Meneses • *Supervisão editorial*
Anderson Moreira Lima • *Arte e projeto gráfico*
Danúzia Queiroz Gama, Keila Mariana de A. Oliveira • *Revisão*

Impresso no Brasil

Direitos exclusivos para esta edição:
Editora Universidade de Brasília
SCS - Q.2 - Bloco C - nº 78 - Ed. OK - 2º andar
70300-500 Brasília-DF
tel: (0xx61) 30354200
fax: (0xx61) 225 5611
editora@unb.br
www.livrariauniversidade.unb.br

Ficha catalográfica elaborada pela
Biblioteca Central da Universidade de Brasília

Jacopone, da Todi

J18 Flagelo e amor / Jacopone da Todi: seleção, tradução e organização de Marcelo Paiva de Souza. — Brasília : Editora Universidade de Brasília, 2006.
94p. — (Coleção Poetas do Mundo)

ISBN 85-230-0878-0

1. Poesia italiana – Idade Média. 2. Jacopone da Todi. I. Souza, Marcelo Paiva de. II. Título.

CDU 859.0

Sumário

Nota prévia

O volume que o leitor tem nas mãos não viria à luz sem o auxílio e o estímulo de algumas pessoas, às quais desejo manifestar aqui meus sinceros agradecimentos. A idéia do livro deve-se a um caro e velho amigo, cuja confiança espero ter feito por merecer. Foi Henryk Siewierski, mentor da coleção *Poetas do Mundo*, quem me propôs a publicação de uma coletânea das *Laudi* de Jacopone da Todi em língua portuguesa. Como depois vim a perceber, menos que de um convite, se tratava de um desafio. Aceitei pronta e talvez imprudentemente o primeiro. Se estava à altura do segundo até agora não sei, mas já não compete a mim julgá-lo.

Maria Cristina Guberti, professora de língua e literatura italiana na Universidade de Brasília, dividiu de bom grado comigo a incumbência de redigir o estudo introdutório incluído nesta edição. O texto, cumpre frisar, não tem qualquer pretensão erudita, e quase nada oferece além de uma rápida compilação das fontes a que tivemos acesso. Nosso objetivo foi apenas pôr ao alcance do leitor brasileiro os dados que consideramos indispensáveis para uma primeira aproximação ao poeta franciscano.

Do mesmo modo devem ser entendidas as indicações de leitura que constam ao fim da introdução. Ao invés de relacionar ali uma bibliografia propriamente dita, que aspirasse a um mínimo de exaustividade, se procurou sugerir um ponto de partida, umas poucas referências que permitam ao interessado ensaiar suas próprias incursões na fortuna crítica de Jacopone e no vasto domínio das matérias correlatas.

Gostaria de agradecer também a dois colegas da Universidade Federal do Espírito Santo, Paulo Roberto Sodré e Paolo Spedicato, interlocutores atentos e afáveis, de cuja solicitude em muito pude me valer durante a preparação desta antologia.

O trabalho tradutório tomou por base a edição ilustrada das laudas com desenhos de Agapito Miniuchi, prefácio e tradução dos poemas para o italiano moderno por Liliana Scrittore, e textos críticos de Piero Dorazio, Silvestro Nessi e Cesare Vivaldi (Todi, Iacopone da. *Laudi*. Roma/Bari: Laterza, 1991). O texto adotado nesta publicação baseia-se, por sua vez, nas lições de Franca Ageno, em sua edição crítica das obras de Jacopone (Todi, Iacopone da. *Laudi, trattato e detti*. Firenze: Le Monnier, 1953). Embora às vezes eu divirja da leitura de Liliana, suas versões foram um guia inestimável para melhor compreender e fruir as singularidades da língua jacopônica.

Cabe ainda, por fim, uma palavra de agradecimento a minha esposa, Rosangela Meger. Com uma serenidade que só posso chamar de franciscana, ela acompanhou cada passo do projeto (e lá se vão três anos desde o começo da empreitada!), e encarregou-se amorosamente da formatação do livro. A ela, portanto, meu mais amoroso muito obrigado.

M.P.S.

Introdução

A época

O século XIII é conhecido como um período de agitações espirituais, sociais e políticas. A transição das estruturas feudo-clericais para um sistema de cunho feudo-burguês suscita abalos e mudanças nas duas grandes instituições do medievo, a Igreja e o Império, e faz surgir uma nova consciência religiosa, política e intelectual. O estabelecimento de uma organização comunal torna a vida pública mais complexa e articulada. Na Europa, e em particular na Itália, o sistema econômico-social já é há algum tempo caracterizado pelo fenômeno do renascimento da cidade, a qual se torna um centro de produção e de tráfego. Intensificam-se as atividades artesanais, comerciais e profissionais, fundadas na troca e no dinheiro. O desenvolvimento da economia citadina e suas corporações leva o novo estrato mercantil a desejar seus próprios intelectuais, desvinculados do clero e da nobreza. Começam a se distinguir novas qualidades do indivíduo, até ali esbatidas pelo poder eclesiástico e pelas relações de senhorio, retoma-se um processo de revalorização do homem que desaguará nos dois séculos seguintes no humanismo.

Manifesta-se um resoluto desejo de retorno à pobreza cristã primitiva. Os ideais de regeneração da Igreja e o mito da volta à idade apostólica, acalentados por diferentes seitas heréticas desde os primórdios do século X, constituem a justificativa polêmica da revolta contra a Cúria Romana. O povo perde a confiança nas instituições religiosas e seus prelados, que, em sua maior parte corrompidos, ocupam posições sociais de prestígio e levam uma luxuosa vida mundana, permitindo-se todos os prazeres do estado laico. Há um esforço de recuperação das regras do Evangelho em sua simplicidade e austeridade originais. O próprio papado, na luta pelas investiduras, não hesita em usar o povo, e sobretudo a nascente burguesia enriquecida com as Cruzadas e o comércio com o Oriente, contra o alto clero secular, acusando a este último de simonia, por ter aceito sua dignidade e seus benefícios, simbolicamente, não de Pedro, mas de César.

As formas tradicionais de devoção não têm mais condições de fazer frente à expansão das cidades, da vida intelectual e das exigências morais de um laicato a quem o clero ortodoxo não sabe dar respostas concretas e adequadas. O papado procura então livrar a Igreja da predominância de arcebispos e cardeais, eles mesmos, muitas vezes, titulares de feudos, em flagrante anacronia naquela sociedade em vias de transformação com o nascimento de novas camadas mercantis e burguesas. Em face dessas camadas, e também dos estratos mais pobres da população, a Igreja começa a servir-se de intermediários mais diretos e eficazes – as novas ordens monásticas.

O papa Inocêncio III, autor do *De contemptu mundi*, tratado ascético sobre o desprezo do mundo e seus bens, faz-se ele próprio intérprete dos descontentes, e favorece em seu pontificado (1198-1216) o desenvolvimento de duas grandes ordens mendicantes: os franciscanos, que se espalharão sobretudo pela Itália, a Terra Santa e os territórios a leste do Sacro Império Romano, e os dominicanos, que se fixarão sobretudo na França e na Espanha. A resposta à deterioração dos valores espirituais é assim encarnada durante o período quer pelos frades mendicantes, inseridos na Igreja oficial, quer por aqueles que, fora da Igreja, dão origem a numerosas heresias, nas quais se unem às aspirações de reforma religiosa a censura e o ataque à opulência dos eclesiásticos. Os movimentos mendicantes representam uma forte reação às condições generalizadas de crise, e com a escolha da pobreza absoluta e da predicação itinerante as ordens abrem frestas na estrutura eclesiástica tradicional, atraindo para si os laicos e inaugurando desse modo uma etapa completamente distinta para o cristianismo medieval.

O pregador torna-se a figura dominante do século, substituindo a do monge recluso em seu convento a transcrever manuscritos. Assiste-se à progressiva conquista, por parte dos novos movimentos, dos espaços urbanos, seja na pregação, seja nas escolas; contra os protestos do clero tradicional, vai crescendo em importância o papel desempenhado pelos frades a serviço das cortes reais e do papado.

O filão religioso da produção letrada do período, que floresce na Itália central, e em particular na Úmbria, inspira-se na busca generalizada de renovação espiritual e no candente misticismo que se alastra pelas multidões de crentes. No centros e ao norte da Itália desenvolve-se uma vigorosa civilização comunal, ligada de perto à efervescência de algumas seitas heréticas de orientação duramente polêmica, as quais, hostilizando a corrupção do clero, e imbuídas de um intransigente rigorismo de conduta e de um amargo pessimismo acerca da natureza humana, encorajam a difusão de uma literatura de caráter didático-moral e religioso.

O movimento fundado por Francisco de Assis insere-se nesse clima de turbulência, defendendo uma nova religiosidade, mais humana e menos dogmática, inclinada a uma revalorização da natureza e da vida, em uma *imitatio*

Christi que, no entanto, não infringisse a devida obediência à autoridade da Igreja. Francisco considera como seu primeiro dever o trabalho apostólico da pregação itinerante do Evangelho, mostrando que toda transformação deve efetuar-se antes de mais nada dentro do homem, mediante um senso mais íntimo do divino latente nas coisas, mediante uma fé que reconheça, nos ditames do espírito, a expressão mais alta da dignidade humana. Os franciscanos começam a propagar – nas cidades da Itália, da Boêmia, da Hungria, da Polônia – o calor de sua palavra, empenhando-se em obras de beneficência, promovendo novas formas de devoção, tais como o culto do nome de Jesus, da Virgem, o uso do presépio, a *Via Crucis*. Por todo o século XIII e boa parte do XIV, os franciscanos, que terão na Universidade de Paris um dos bastiões de sua influência, ocuparão lugar de destaque no mundo da cultura, incutindo na filosofia e na teologia princípios que informariam a civilização renascentista, arrastando em uma grande corrente os germes de uma nova época, transportando do medievo rumo à civilização moderna a semente fecunda das tradições religiosas da Europa cristã.

A vida de Jacopone da Todi

Pouco se sabe ao certo da vida de Jacopone. Nasce na Itália, em torno de 1230, em Todi, pequena localidade da Úmbria. Teria recebido em batismo o nome de Jacopo de' Benedetti, o que atestaria uma origem nobre. Estuda direito (segundo alguns, na famosa Universidade de Bolonha) e desposa Vanna di Bernardino di Guidone, da família dos condes de Coldimezzo. As crônicas antigas reportam um acontecimento trágico, que marcaria para sempre a existência de Jacopone. Em 1268, durante uma festa, desaba o pavimento de madeira que sustentava os convivas, todos caem por terra, e Vanna, gravemente ferida, morre. Quando a mulher é despida para o seu sepultamento descobrem-se, sob as vestes luxuosas, alguns instrumentos de penitência, bem conhecidos naquele tempo: um "áspero cilício", um crucifixo sobre o peito e "duas correntinhas com pontas agudas de ferro" nos braços.

Jacopo teria se transtornado diante dessa dupla identidade da esposa, que revelava uma natureza profundamente devota e secretamente religiosa oculta por uma aparente frivolidade mundana. Decide então doar todos os seus bens aos pobres e vaguear pela Úmbria, submetendo-se a inclementes mortificações corporais. Entra em contato com o movimento de penitência e autoflagelação públicas que teve início com o frade Raniero Fasani em Perugia e se difundiu depois pelas outras religiões da Itália. A Fasani deve-se a fundação da irmandade dos Disciplinados de Jesus Cristo. Naquela época, o frade errava pela Úmbria, a Campânia, a Lombardia e a Emília, coberto de andrajos, açoitando a própria carne e implorando pela misericórdia divina. Fasani anunciava o advento da Idade do Espírito Santo profetizada por Gioacchino da Fiore, e clamava aos fiéis que se preparassem para ela. A autopenitência e a flagelação tomavam seu impulso no desejo de alcançar a salvação, reatando à sua maneira com certas correntes do pensamento grego antigo, receptivas à idéia de que o corpo constitui uma prisão para a alma. A carne é causa do pecado, e por isso deve ser desapiedadamente punida.

Como se vê, escolhas como a do frade Fasani, ou as de Francisco de Assis e Jacopone da Todi não podem ser consideradas fora do comum no quadro da época, sequiosa de alternativas – tanto melhor se radicais – de renovamento espiritual.

Amargurado e desiludido por conta de sua tragédia pessoal, Jacopone abraça o ideal de vida franciscano. Dada a sua fama de excêntrico, a ordem o teria acolhido não sem alguma resistência. Jacopone já era conhecido por seu temperamento passional, sua veia polêmica e suas extravagâncias. Narra-se sobre ele, entre muitas outras peripécias, que aparecia inopinadamente em banquetes, seminu, de quatro, com um freio à boca como os animais de carga, e punha-se a bradar suas laudas e sátiras. Noutra anedota, o personagem aparece sob luz diversa, mas não menos significativa. Jacopone deixa as galinhas recém-compradas por um cidadão de Todi, encontrado por acaso na praça da cidade, no convento de San Fortunato, onde aquele último tinha seu jazigo de família. Surpreso por não encontrar a compra que tinha feito ao regressar à sua casa, o morador interpela Jacopone, que lhe havia prometido levar as galinhas até lá. Jacopone responde afirmando ter cumprido ciosamente o que prometeu, e arrasta seu interlocutor a San Fortunato. Chegando ao convento, Jacopone ergue a pedra do sepulcro e mostra em seu interior as galinhas, dizendo: "Ó caríssimo, eis aí a tua casa". Sem discutir aqui a delicada questão do teor de verdade histórica dos relatos, observe-se que ambos sugerem, com muita vivacidade, um certo perfil, cujo contorno principal importa reter. Na palavra enérgica e justa, no gesto inesperado, até mesmo na exibição e humilhação públicas de si mesmo, devemos reconhecer de novo o *ethos* do pregador, seu empenho infatigável na edificação, seu convite imperioso à reflexão acerca da efemeridade das coisas terrenas.

Por aqueles anos, a ordem fundada por Francisco de Assis dividia-se internamente em dois grupos opostos: os Conventuais, favoráveis a uma regra moderada; e os Espirituais, partidários de um extremado rigorismo na regra, hostis aos estudos de filosofia e teologia, vistas como veículo de uma mundanização da fé, e defensores da simplicidade, da pureza e da pobreza – entendidas como libertação do jugo das paixões mundanas. A razão do dissenso na comunidade é sobretudo a interpretação da *Regra* de Francisco no que concerne à questão da pobreza. Os Conventuais acreditavam necessário acomodar à rigidez das prescrições do fundador um mínimo de garantia econômica, indispensável para manter a vida e as atividades da ordem, adaptando-se desse modo às necessidades materiais da Igreja. Os Espirituais, pelo contrário, queriam a observância absoluta do mandamento da pobreza, *ad litteram et sine glossa*, conforme a vontade expressa por Francisco em seu testamento. Reclamavam assim como emblema da religiosidade franciscana as núpcias místicas do criador da ordem com a Senhora Pobreza, descritas por exemplo no *Sacrum commercium sancti Francisci cum Domina Paupertate*, obra composta em 1227, por autor desconhecido, que narra a estória da jornada de Francisco em busca da Pobreza, representando de forma alegórica a libertação de todo vínculo terreno em um impulso de amor a Deus e às suas criaturas.

Quando Jacopone é aceito entre os irmãos menores, a luta ia se tornando áspera, e as circunstâncias desfavoráveis à minoria espiritual, que era perseguida, encarcerada, acusada de heresia, condenada à excomunhão, privada do uso dos sacramentos e da sepultura eclesiástica, ou então constrangida a renegar suas idéias. O caráter exuberante de Jacopone leva-o a aderir ao partido dos Espirituais, e os hábitos que vinha amadurecendo, o profundo desprezo das vaidades e das instituições do mundo, o desejo incontido de reforma da comunidade religiosa, fazem-no se aproximar dos mais extremistas no grupo, daqueles justamente que pareciam em maior sintonia com seu próprio ideal evangélico e ascético. Jacopone adota com entusiasmo a regra do santo de Assis e elege-se porta-voz dos valores franciscanos. O conjunto de laudas que testemunham seu ardor intransigente em invectivas contra a corrupção dos monges (e, em particular, dos franciscanos relaxados), em ataques à avidez de ciência e às ambições que destroem a pureza e a simplicidade cristãs primitivas, em críticas à especulação doutrinal que distrai o homem da contemplação das coisas eternas, deve muito provavelmente pertencer a esse período.

Em julho de 1294, o eremita Pietro del Morrone é eleito papa com o nome de Celestino V. Jacopone e seus confrades espirituais vêem com olhos esperançosos a ascensão ao trono pontifício de um asceta popularmente conhecido e amado. Alguns integrantes da ala espiritual decidem visitar o novo pontífice para informar-lhe acerca da penosa situação em que se achavam dentro da ordem e, quem sabe, obter dele uma intercessão em seu favor. O papa Celestino recebe-os com benevolência, e consente que constituam uma pequena comunidade, os *pauperes eremitae domini Coelestini*, aos quais exime de qualquer obrigação de obediência à ordem franciscana para seguirem, como desejavam, com todo o rigor a regra de Francisco. Fosse embora de alcance limitado, a decisão tinha grande gravidade, pois se tratava da primeira cisão oficial da história do franciscanismo. Quando porém, ao término de apenas cinco meses de um tumultuoso pontificado, Celestino V renuncia e assume-lhe o lugar o cardeal Benedetto Caetani, o papa Bonifácio VIII, começa para a nova comunidade dos pobres eremitas – e para os Espirituais de um modo geral – um período de sofrimentos e angústias. Um dos primeiros atos do novo papa consiste em suprimir os privilégios concedidos por seu antecessor aos rebeldes espirituais, e ordenar que se submetam de novo à autoridade de seus superiores conventuais. Perseguições obrigam muitos entre os Espirituais a viver em refúgios solitários e remotos nas montanhas, outros deixam para trás o território italiano e fogem para a Grécia. Jacopone, que permanece na Itália, começa a tomar parte nas diversas manobras em preparo contra o novo papa.

A ação de Jacopone está diretamente ligada à dos cardeais Colonna, encarniçados inimigos de Bonifácio. Em 1297, após terem sido destituídos de sua dignidade e convidados pelo papa a comparecer perante ele para se desculpar e declarar sua submissão, os Colonna recusam-se, conscientes do perigo de aprisionamento. Subscrevem então em Lunghezza, no dia dez de maio, um ato público de protesto. Jacopone apõe sua assinatura a esse célebre manifesto por meio do qual se declara nula a abdicação de Celestino V e ilegítima, portanto, a eleição de Bonifácio VIII. O papa responde ao documento com a excomunhão.

Em seguida, declara-se guerra aberta contra a cidade de Palestrina, onde nesse meio-tempo os Colonna tinham se abrigado. Também refugiado ali, Jacopone teria escrito, durante o assédio à cidade, uma de suas epístolas a Bonifácio, exemplos eloqüentes de sua poesia satírica. A fortaleza de Palestrina cai em 1298. Jacopone é capturado e lançado na prisão.

Com uma consciência lúcida e tenaz, o prisioneiro descreve em seus versos os tormentos do cárcere e demonstra aceitar sua pena como um prêmio divino. O isolamento permite-lhe recordar e meditar sobre sua vida pregressa. Continua no entanto sua áspera polêmica contra o pontífice, a quem pede somente que seja absolvido da excomunhão (ver a esse respeito a lauda LVI, "O papa Bonifazio").

Quando Jacopone, jamais perdoado pelo inexorável Bonifácio, se vê enfim libertado por uma bula papal em 23 de dezembro de 1303, graças à vontade de Bento XI, sucessor de Bonifácio, é um homem idoso e enfermo e vai encontrar abrigo, ao que tudo indica, no convento de San Lorenzo di Collazzone. Cansado das antigas lutas, mais temperante pelas desilusões e padecimentos, Jacopone é invadido de uma serenidade que doravante lhe inspira tão-só o anseio de bem-aventurança ultraterrena e mística quietude. Uma contemplação tristíssima e pacata das misérias do mundo substitui o antigo frêmito das paixões, a violência e o ódio ao corpo e à carne. Alguma coisa do ânimo de São Francisco e de sua doce alegria, talvez mais comovida e resignada, penetra em Jacopone, e em suas laudas resta apenas o fogo de uma alma que se consome de amor.

A tradição afirma que morreu no dia de Natal de 1306, cantando a lauda "Iesù nostra fidanza", enquanto na igreja vizinha o sacerdote entoava o *Gloria in excelsis*.

As origens da lauda

A lauda remonta, em forma poeticamente ainda não canonizada, ao século XII, quando agremiações de laicos se reuniam para cantar loas a Cristo e à Virgem Maria. Inicialmente, não possui um esquema métrico fixo, apresentando configurações bastante variadas. Passa então a adotar, pouco a pouco, o modelo popular que lhe é mais próximo: o da balada profana. Este gênero, à época muito em voga, está ligado à música e à dança que tinham lugar em diferentes festividades. Tem um ou mais estribilhos, e caracteriza-se por toda uma série de recursos (dísticos rimados, rimas internas, assonâncias, aliterações) que se prestam a tornar o texto mais facilmente assimilável à melodia. A estrofe é destinada a um solista, ou a um pequeno grupo de pessoas, e o refrão, ao coro. A balada, assim como a lauda depois, inclui monólogos, diálogos e cenas com um número variável de personagens, antecipando, em suas feições lírico-dramáticas, o teatro sacro italiano.

O movimento dos flagelantes, que se difunde a partir de 1260, primeiro em Perugia, na Úmbria, depois em grande parte da Itália setentrional, oferece um poderoso estímulo à lauda, já nesta segunda metade do século cantada em vulgar em muitas confrarias de penitentes. Conforme se lê nas crônicas do tempo, os penitentes seguiam em procissão, se açoitando, e à flagelação acompanhavam "laudes divinas ad honorem Dei et beatae Mariae Virginis". Cantam-se hinos à cruz, exorta-se à prece e ao arrependimento, comemoram-se os passos mais significativos da Paixão de Cristo. Os laudários mais antigos provêm de Perugia, Assis e outras cidades úmbrias e são, de costume, anônimos e impessoais, já que nascidos da exigência de interpretar unanimemente o sentimento pio da coletividade. Todas as irmandades têm seus laudários e chegaram até nós cerca de duzentos deles.

Não existe ainda *uma* língua italiana, existe um conjunto de dialetos, de vulgares regionais, expressões de uma realidade política, social e cultural bastante fragmentada: o siciliano no grande reino do sul, os vários falares da Itália central – da Úmbria, das Marcas, dos Abruzos, da Toscana – e o lombardo no norte. O latim é a língua universal dos doutos, a única à qual se reconhece um código, uma gramática. Se bem que a literatura religiosa do século XIII seja uma produção erudita, altamente elaborada nos planos ideológico e formal – por trás dela, com efeito, está o modelo latino e a tradição teológica e mística das universidades –, experimenta-se agora a necessidade de atingir o público mais vasto constituído pelas massas de fiéis.

Os dialetos vulgares tendem, pois, a conquistar um estatuto lingüístico que se adeque aos novos usos da literatura e da predicação. Os esforços para alcançar uma audiência mais ampla de fato legitimam a exigência do vulgar, o qual, além de cumprir as funções de proselitismo e propaganda para aproximar as massas das ordens religiosas, oferece a considerável vantagem de possibilitar uma extensa gama de formações inéditas, possuindo ao mesmo tempo um repertório lexical próprio.

Entre 1270 e 1310, encontramos em toda a Europa medieval uma série relativamente homogênea de composições religiosas e místicas em língua materna. Jacopone, não distante nisso de seus contemporâneos, vale-se em sua poesia de módulos estilísticos e temáticos hauridos da literatura amorosa: sobrepõem-se numa mesma dicção as esferas expressivas do profano e do sagrado. Não custa localizar em seus versos a presença de elementos provenientes da lírica trovadoresca e dos poetas da escola siciliana e sículo-toscana. Entre os motivos mais recorrentes de extração siciliana, foram apontados o da chama que consome o amante, ampla e diversamente elaborado em numerosas laudas; o da ferida amorosa, que no entanto também é fonte de delícia; o da incapacidade de calar o sentimento e o da condição indecidível de quem ama, dilacerado entre extremos de euforia e abatimento – todos eles temas constantes na literatura cortês. A mesma consideração estende-se ainda ao tema da loucura, muitíssimo difundido, seja em âmbito religioso ou laico. A declaração de sujeição a Nossa Senhora e o reconhecimento de sua virtude de intermediária no céu enquadram-se, do mesmo modo, em fórmulas de inspiração cortês, utilizadas para a exaltação devota da Virgem. O culto à Mãe de Deus, na lauda, assume muitas vezes a forma de uma partilha, por parte do poeta e dos fiéis, da experiência da *Mater dolorosa.* São tratados igualmente os temas da natividade de Cristo, de sua Crucificação e Paixão, temas caros à sensibilidade franciscana, evocados e vividos com um forte senso de comparticipação.

O movimento franciscano é responsável pela enorme difusão da lauda, que em breve se torna uma das formas mais características da poesia religiosa da época. O exemplo, aliás, foi oferecido pelo próprio fundador da ordem, Francisco de Assis, autor do "Cântico das criaturas". Não obstante seu plurilingüismo (coexistem no texto o latim, o úmbrio e o provençal) e o fato de não se apresentar nos moldes da balada tradicional, a obra, como seu próprio título sugere, é uma lauda, um canto de amoroso louvor a todo ser criado. Composto em 1224, dois anos antes da morte de Francisco, o "Cantico di frate Sole", ou "Laudes creaturarum", celebra contra um pano de fundo de dura ascese e penitência a imensurável bondade do

Criador, a humildade dos sentimentos e da forma, exortando à mansidão e imperturbável obediência às leis divinas. De excepcional vigor oratório e edificante, aparentada em sua estrutura aos salmos davídicos e baseada em um sentimento que irmana o homem às coisas, em uma entranhada admiração pelo rol de prodígios do que foi criado, a obra dirige-se à multidão dos fiéis numa linguagem de poderosa ressonância cênica. Francisco legitima assim o vulgar, a língua do dia-a-dia daquelas pessoas, para que todos entoem, felizes, louvores ao Senhor, louvores cuja mensagem de fato compartilhem. É cada vez mais freqüente esse imperativo de uma comunicação direta da fé, e nesse sentido o "Cântico" pode ser considerado uma espécie de protótipo da lauda, gênero destinado a constituir, por muito tempo, a modalidade por excelência do lirismo religioso em língua vulgar na Itália.

As laudas de Jacopone

O laudário jacopônico consiste em um conjunto atemático de composições poéticas com formatos diferenciados e substância invariavelmente religiosa. É composto por cerca de 102 textos, escritos a princípio sobre folhas de pergaminho sem uma ordem determinada, e só bem mais tarde, entre os séculos XIV e XV, coligidos em uma única obra. A controvérsia ecdótica permanece acesa: os problemas de atribuição são complicados, as variantes significativas, as interpolações e supressões muito freqüentes.

A maior parte das laudas de Jacopone, assim como dos textos enfeixados em outros laudários, começa por um refrão de um ou dois versos (às vezes pouco mais), movimento inicial de caráter exclamativo, invocatório ou indagativo, que deixa de imediato manifestas a passionalidade, a imaginação, a força poética do autor. Ao refrão, seguem-se as estrofes. O esquema métrico não é fixo. Predomina o heptassílabo, simples ou duplicado; nos casos de duplicação, embora dispostos em uma mesma linha, os dois versos têm sua separação indicada graficamente pelo branco da página, o que pode determinar ou não uma cesura no ritmo. Tampouco se observa uniformidade no que concerne às rimas: variam de um texto ao outro os padrões encontrados. O esquema mais recorrente é o assim chamado zejelesco (originário do zejel da lírica moçárabe[1]). Os versos dispõem-se segundo a fórmula *AA*, *bbba*, *ccca*, *ddda* etc., composta de refrão inicial, seguido de estrofe que se reparte em

[1] Ao leitor interessado no zejel e no universo da lírica moçárabe recomenda-se – enfaticamente – o belo livro de SLEIMAN, Michel. *A poesia árabe-andaluza: Ibn Quzman de Córdova*. São Paulo: Perspectiva/Fapesp, 2000.

trístico monórrimo (a mudança) e um quarto verso (a volta) ligado pela rima ao estribilho. Metrificação e distribuição de rimas dão prova de mais uma zona de convergência entre a lauda e a poesia profana. Formas em uso nesta última são correntes nos poemas de Jacopone.

Embora não se tenha construído a partir de um plano de seu autor, nem por isso o laudário jacopônico deixa de revelar certa lógica interna. Em seu todo, a obra sugere uma espécie de jornada espiritual, cheia de vai-e-vens e dificuldades, pontuada por uma série de tentativas de elevação, seguidas de queda, numa contínua alternância entre os embaraços do mundo e o ingente esforço de distanciamento das coisas da terra.

Poesia e prédica aqui se confundem, e nisso reside outro fator decisivo para a coesão interna da obra. A lauda de Jacopone é um instrumento de edificação religiosa, que deve ser compreendido no quadro mais amplo das práticas e dos valores do franciscanismo. Considere-se por exemplo o tônus teatral do texto jacopônico. De modo mais ou menos evidente, essa característica perpassa de ponta a ponta o laudário. Sua incidência aponta, de um lado, para a dimensão da *forma*, já que resulta do manejo – pessoalíssimo – de um leque bem definido de recursos artísticos. Por outro lado, no entanto, o apelo cênico remete forçosamente à *função* dos versos, talhados para atender a necessidades específicas da pregação, daquele tipo de pregação, sendo mais exato, que tinha seu modelo máximo em Francisco de Assis, na pregnância de sua presença e de sua palavra.

Em vista disso, não haverá de se estranhar o caráter explicitamente dramático de muitas das laudas de Jacopone. Algumas delas assumem forma dialogada, envolvendo entre dois ou mais personagens, tal como se constata em "O regina cortese". Ali a Virgem aparece como a grande consoladora de todas as almas cristãs, evocada com acentos de emocionado afeto em um pedido de proteção e amparo. O corpo, nessa lauda, é um foco de doença – quer da carne, quer do espírito – que urge tratar e, se possível, curar. O sujeito poético volta-se a Nossa Senhora para que lhe ministre um remédio contra a moléstia a vitimá-lo, e a Mãe de Deus responde-lhe prescrevendo o temor permanente da morte e do inferno. A estrutura dialógica constitui uma constante no laudário. Irrompem de súbito nos versos o discurso direto e a apóstrofe; noutras vezes, as palavras endereçam-se, exaltadas ou sarcásticas, a um tu que nada retruca, mas nem por isso se faz menos tangível – o Amor, o próprio poeta, o pontífice corrupto, ou um interlocutor qualquer tomado por alvo de persuasão e instrução. A teatralidade derivada desses procedimentos é tão intensa quanto complexa, rica de implicações gestuais e sonoras, as imagens ganham corpo, os registros da linguagem, admiravelmente polifônica, multiplicam-se, oscilando sem aviso entre o nível culto e o popularesco, o dialetal e o latinismo, traduzindo sentimentos de cólera, de desespero, mas também de irreprimida doçura.

Contribuem ainda para a riqueza expressiva e metafórica das laudas elementos extraídos da linguagem do direito, da economia e da medicina. Jacopone refuncionaliza a cultura que acumulou nos anos precedentes a sua conversão. No poema anteriormente referido, o autor lança mão de noções e vocabulário provenientes do universo jurídico. A figura do suplicante afirma nada poder oferecer em paga da ajuda de Nossa Senhora e propõe a ela algo como um contrato de resgate, a extinção do débito contraído mediante o compromisso da servidão. Linhas adiante, o texto traz referências de cunho médico. Para obter a cura do pecado, e garantir desse modo a salvação da alma, a Mãe de Deus recomenda uma dieta rigorosa dos sentidos e o fármaco fulminante da ameaça de danação eterna.

Jacopone não hesita em fazer uso da concretude do *exemplum*[2] para ilustrar conceitos abstratos, cuja perso-nificação e dramatização ocupam lugar proeminente no laudário – em clara sintonia, nesse aspecto, com o fenô-meno mais amplo do alegorismo medieval. O poeta põe em cena, por exemplo, a Pobreza cortejando o amor divino (cf. o texto LIX, "Povertate ennamorata"), ou a Santa Madre Igreja lamentando a corrupção de seus filhos (ver a lauda LIII, "Piagne la Ecclesi*a*"). Os versos privilegiam o contraste bem marcado na paleta expressiva, atravessados como são por forças opostas e inconciliáveis, por um conflito incessante entre o corpo e a alma, entre os caprichos dos sentidos e os chamados de Deus, entre a morte e a vida: "Quando t'aliegre, / omo de altura, // va', pone mente / a la sepultura".

O mal está em toda parte, o "Inimigo" sempre à espreita, e a batalha é tanto mais árdua porque o homem enfrenta a própria condição humana: havendo vitória, a si mesmo se terá vencido. Antes de mais nada, então,

[2] A lírica de Jacopone recorre, bem entendido, ao dispositivo retórico do *exemplum*. Convém, no entanto, recordar que a lauda se relaciona, sob mais de um aspecto, com a forma narrativa do *exemplum*, relato curto de teor supostamente verídico, muito empregado na Idade Média para fins de pregação. É o *exemplum* o elemento estrutural básico de uma obra célebre do período, aliás contemporânea das *Laudi*, a *Legenda áurea* de Jacopo de Varazze (o leitor brasileiro dispõe de uma cuidada tradução do livro para o português; cf. VARAZZE, Jacopo de. *Legenda áurea*. Tradução do latim, apresentação, notas e seleção iconográfica de Hilário Franco Júnior. São Paulo: Companhia das Letras, 2003).

a luta a travar pertence ao domínio da interioridade. O sujeito poético dirige-se a si mesmo, a um eu oculto em seu próprio eu, ora em tons de desafio ou derrisão, ora com implacável zelo disciplinar, para impor a esse renitente *alter ego* toda sorte de castigos e adverti-lo a cada momento quanto à fragilidade dos liames que o prendem à matéria. O Juízo Final aproxima-se, e todo consórcio entre a alma e o corpo há de se tornar um trágico divórcio de dois cúmplices, no horror iminente da punição.

Mas a guerra apenas começou. Eis aí nada menos que o mundo, cuja envolvente presença se afirma de novo e de novo, odiada, temida, irredutível. Eis aí os formidáveis adversários que são a cultura e o saber, também objeto de decidido repúdio. E Jacopone precisa agora verberar em suas laudas a ciência e suas tentativas de justificação racional das verdades da fé, as honrarias e os bens terrenos a que os homens se mostram tão aferrados (confiram-se a propósito os versos satíricos de "O fra Ranaldo"). O teor e a retórica desses textos esclarecem uma dimensão fundamental da poesia italiana do *Duecento*, seu estatuto prático, sua utilidade como ferramenta reguladora da vida moral. A obra de Jacopone da Todi desempenha com determinação esse papel, fato que não se deve perder de vista ao considerar as polêmicas do autor nos círculos franciscanos, sua crítica severa, por exemplo, à ambição e à vanglória de certos irmãos, que põem em risco a virtude da humildade em prol da erudição e das sutilezas da doutrina.

Parte considerável do laudário jacopônico é de conteúdo demasiadamente polêmico, de estilo demasiadamente individual, para poder se adequar às necessidades de um público mais numeroso de fiéis. De modo algum porém isso permite concluir que entre os textos ali coligidos haja uma parcela de caráter desinteressado, em que o livre impulso criador do artista sobrepuja qualquer finalidade religiosa. A poesia de Jacopone louva, repreende, ensina. Ignorar seus propósitos equivaleria a proibir-se de compreendê-la e de apreciá-la.

Não poucas laudas do autor conquistaram o favor de irmandades, e algumas chegaram até mesmo a ser de uso conventual. Outros textos parecem endereçados aos confrades da ordem, em especial àqueles que tomavam o penoso caminho da renovação espiritual. Jacopone talvez escrevesse sobretudo para eles, para incitá-los à penitência e à plena experiência da mística franciscana. E sendo assim, não admira que aborde com insistência em seus textos os motivos tradicionais da prédica no âmbito do franciscanismo já salientados anteriormente, os mistérios do nascimento e da Paixão de Cristo, as dores de Nossa Senhora junto à cruz (leia-se "Donna de paradiso") e a própria figura do fundador do movimento, o "patriarca novello" nascido em Assis. Também não poderiam faltar composições de índole expressamente teológica, que exploram assuntos como a encarnação e a redenção.

A atenção de Jacopone não se demora contudo nas alegrias da alma consolada pela graça, preferindo em lugar disso se concentrar nos vícios que aviltam o homem e provocam sua queda. Cada etapa da vida esconde uma insídia, um pecado, e os afetos humanos, quando não se originam de pura malvadez, degeneram nela. O homem é fraco, suas virtudes imperfeitas, e o mundo, grande corruptor, mostra-se também uma presa de todo tipo de corrupção. Com uma violência verbal que não raro se colore de laivos apocalípticos, a lauda investe contra os males da vida secular e religiosa, a gula, a preguiça, a luxúria, a inveja, a avareza, a soberba. Solidário com o rigorismo dos Espirituais, Jacopone censura asperamente a decadência da Igreja e da Cúria Romana e acusa sem descanso o desvirtuamento da pureza da regra de Francisco, profetizando a ruína da ordem em conseqüência do abandono dos valores que presidiram sua criação.

Os obstáculos e os perigos surgem a cada passo, as tentações não se fazem esperar na longa via que leva à esperada meta salvífica (cf. a lauda VI, "Guarda che non caggi"). Daí a implacável renúncia ascética, daí o feitio tantas vezes agressivo e intimidador dos textos do laudário (ver o texto XLVIII, "O Segnor, per cortesia"). Mas a obra também reserva espaço ao "iubelo del core", aos instantes de arrebatamento do espírito na embriaguez ilimitada do amor de Deus. O ardente anelo do divino não inibe a consciência da impossibilidade de uma conquista duradoura da beatitude sobre a terra. O transporte da alma para além da realidade terrena é precário, a união extática com o Cristo sempre provisória. Tanto mais enérgica se torna, então, a alegria daquelas ocasiões em que se deixa para trás toda escória mundana, em que se abole o próprio passado e se logra uma súbita perda de si na contemplação do eterno, num vertiginoso mergulho nos abismos de Deus (confira-se, a título de ilustração, a lauda LXXXIII, "O dolze amore").

Em conformidade com os protocolos do amor cortês, que protege num véu de segredo o sentimento do amante pela amada, a lauda também procura se submeter ao imperativo de calar aquilo de que não se pode falar. O amor divino convida ao recato, a um silêncio ensimesmado e uma exultante quietude. Por outro lado, a vizinhança de Deus no encontro místico é de tal ordem, que não admite um apaziguamento definitivo, e obriga em resultado à confissão – tensão que se resolve nos poemas na forma de uma incessante dialética do dizer e do não dizer (veja-se o texto LXXVII, "O amore muto"). As fórmulas amorosas profanas não comportam todavia a violência e os paradoxos da fé celebrada no laudário, desse sentimento enlouquecido que absorve o sujeito poético até o limite da completa aniquilação de sua vontade nos recessos incognoscíveis do objeto de seu desejo. Em flagrante oposição portanto ao ideal cortês da mesura, Jacopone expressa um amor da desmesura, quiçá um dos amores mais veementes que o homem do medievo foi capaz de cantar.

Nos claustros da Úmbria, depois da morte do poeta, tem início a trajetória da lírica jacopônica até nós. O que se divulga a princípio não é ainda a obra de arte, mas o cântico de inspiração sacra, a palavra vibrante do pregador franciscano. Mais tarde a obra é recolhida em manuscritos, e passam-se a discernir nos textos sua organicidade, seu claro timbre autoral. O laudário transpõe a seguir as fronteiras da Úmbria, até alcançar, aos poucos, a região da Toscana e, a partir dali, a Itália setentrional e além. O nome de Jacopone da Todi vai desde então granjeando a fortuna que agora possui. E as laudas, por sua vez, vão se tornando o que são para seus leitores de hoje: um *unicum*, de valor histórico e poético extraordinário.

Maria Cristina Guberti
Marcelo Paiva de Souza

Indicações de leitura

A bibliografia disponível em português sobre Jacopone da Todi é bastante modesta, mas contém alguns itens de interesse. Acerca do poeta e da sua obra confiram-se os belos ensaios que dedicou ao assunto Giuseppe Ungaretti em *Invenção da poesia moderna: lições de literatura no Brasil, 1937-1942*; texto estabelecido por Paola Montefoschi, tradução de Antônio Lázaro de Almeida Prado. São Paulo: Ática, 1996, p. 42-74. Breves, porém preciosos, são os comentários sobre a lauda jacopônica de Erich Auerbach em *Mimesis: a representação da realidade na literatura ocidental*; segunda edição revista, tradução de George Sperber. São Paulo: Perspectiva, 1987, p. 147-150. Sobre a lírica moçárabe e o modelo zejelesco pode-se consultar Segismundo Spina, *Manual de versificação românica medieval*; segunda edição revista. São Paulo: Ateliê, 2003, p. 88-95. A dissidência espiritual, sua gênese, seus desdobramentos e significado são discutidos pelo historiador Nachman Falbel em *Os espirituais franciscanos*. São Paulo: Perspectiva, 1995. Problemas concernentes à tradução das *Laudi* são examinados por Marcelo Paiva de Souza em "Traduzir

Jacopone da Todi", artigo publicado na *Revista Eletrônica de Estudos Literários* do Programa de Pós-Graduação em Letras da Universidade Federal do Espírito Santo, disponível no endereço <http://www.ufes.br/~mlb/>.

The Medieval Lyric, de Peter Dronke (paperback reprint. Cambridge: D.S. Brewer, 2002), aborda sucintamente a poesia de Jacopone, nos capítulos "The rise of religious lyric" e "Lyrics of realism". De cunho panorâmico, o estudo não se demora nas *Laudi*, mas permite situar o poeta franciscano no contexto mais amplo do lirismo do medievo. Ainda em inglês, pode ser consultado o estudo monográfico de George T. Peck, *The Fool of God: Jacopone da Todi* (Alabama: The University of Alabama Press, 1980).

Em italiano, a bibliografia jacopônica é copiosa. Bastarão portanto ao interessado algumas poucas coordenadas para que siga seus próprios caminhos no mapa da imponente erudição acumulada em torno do autor. No domínio da biografia, é de consulta indispensável Franco Suitner, *Iacopone da Todi. Poesia, mistica, rivolta nell'Italia del medioevo*. Roma: Donzelli, 1999. Acerca da obra, leia-se antes de mais nada o texto de Paolo Canettieri, "Laude di Iacopone da Todi", in: Alberto Asor Rosa (direzione). *Letteratura italiana. Le opere; vol. I, Dalle origini al cinquecento*. Torino: Einaudi, 1992 (aqui, ver também a bibliografia recomendada). Dos resultados e das discussões da pesquisa mais recente dá uma boa amostra *Iacopone da Todi. Atti del XXXVII Convegno storico internazionale (Todi, 8-11 ottobre 2000)*. Todi: Centro Italiano di Studi sul Basso Medioevo – Accademia Tudertina/Spoleto: Centro italiano di studi sull'alto medioevo, 2001.

Flagelo
e amor

I

"O regina cortese,   eo so a voi venuto
ca'l mio cor è feruto: deiatel medecare.
  Eo so a voi venuto   com'omo desperato
da onne altro adiuto: lo vostro m'è lassato;
se ne fosse privato,   farìeme consumare.
  Lo mio cor è feruto,   Madonna, nol so dire,
ed a tal è venuto,   che comenza putire:
non deiate soffrire   de volerm'adiutare.
  Donna, la sofferenza   sì m'è pericolosa;
lo mal pres'ha potenza,   la natura è dogliosa:
siate cordogliosa   de volerme sanare.
  Non aio pagamento,   tanto so annichilato;
faite de me stromento,   servo recomparato;
donna, 'l prezo c'è dato: quel c'avist'a lattare.
  Donna, per quell'amore   che m'a avuto 'l tuo figlio,
dever'avere 'n core   de darme 'l tuo consiglio;
succurre, aulente giglio,   veni, e non tardare".
  "Figlio, puoi ch'èi venuto,   molto sì m'è 'n piacire;
addemannime adiuto,   dollote voluntire;
ètte oporto soffrire,   ca per arte vòi fare.
  Medecarò per arte: 'mprima fa la diita:
guarda i sensi da parte,   che non dien più ferita
a natura perita,   che se possa esgravare.

I

"Gentilíssima rainha, para vós eis-me voltado:
meu coração lacerado concedei remediar.
Para vós eis-me voltado, criatura desgraçada,
de toda ajuda privado: a vossa me foi deixada;
se me fosse recusada, fora assim me condenar.
Meu coração lacerado, Senhora, nem sei dizer,
tal agora é seu estado, que começa a apodrecer:
não tardeis a interceder desejando-me ajudar.
Senhora, tamanha dor é por demais perigosa;
o mal cada vez maior, a natureza manhosa:
que vos mostreis caridosa desejando-me curar.
Nada em troca vos darei, a tão pouco reduzido;
um instrumento serei, vosso servo desvalido;
senhora, o preço é cabido: tivestes de me aleitar.
Senhora, por todo o amor que me teve vosso filho,
não havereis de vos opor a prestar-me vosso auxílio;
socorrei, perfume, lírio, vinde, e sem vos demorar."
"Filho, pois que me buscaste, meu júbilo podes ver;
minha ajuda suplicaste, hei por bem de te atender;
é preciso padecer, a cura vou ministrar.
Vou conceder tua cura: primeiro faze a dieta:
os sentidos enclausura, à carne ferida e infecta
algum novo dano veta, a fim de não piorar.

E piglia l'ossemello: lo temor de morire;
ancora si fancello, cetto ce di venire;
vanetà larga gire: non po' teco regnare.

E piglia decozione: lo temor de lo 'nferno:
pensa 'n quella prescione: non esco en sempiterno:
la piaga girà ŗompenno, farallate arvontare.

Denante al preite mio questo venen arvonta,
ché l'officio è sio de lo peccato sconta;
ca, si 'l Nemico s'apponta, non aia che mostrare".

Bebe então desse oximel: o medo que tens da morte;
menino ainda ou incréu, não se atrasa a tua sorte;
que a vaidade não te importe, junto a ti não vá reinar.

E bebe dessa poção: o medo que tens do inferno;
pensa naquela prisão: para todo o sempiterno:
a chaga no corpo enfermo farás então supurar.

Diante do confessor o veneno todo expurga,
é seu ofício e valor, de teus pecados te purga;
caso o Inimigo ressurja, não tenha o que te apontar."

VI

Guarda che non caggi, amico, guarda!
Or te guarda dal Nemico,
che se mostra esser amico;
no gli credere a l'inico: guarda!
Guarda 'l viso dal veduto,
ca 'l coraio n'è feruto,
c'a gran briga n'è guaruto: guarda!
Non udir le vanetate,
che te traga a su' amistate:
più che vesco appicciaràte: guarda!
Pon a lo tuo gusto un frino,
ca 'l soperchio gli è venino,
a lussuria è sentino: guarda!
Guàrdate da l'odorato,
lo qual ène sciordenato,
ca 'l Segnor lo t'ha vedato: guarda!
Guàrdate dal toccamento,
lo qual a Deo è spiacemento,
al tuo corpo è strugimento: guarda!
Guàrdate da li parente
che non te piglien la mente,
ca te farò star dolente: guarda!

JACOPONE DA TODI

VI

Cuida se não cais, amigo,   cuida!
  Cuida daquele Inimigo
    que semelha ser amigo;
não te fies do iníquo: cuida!
  Co'a vista e o que vê, cuidado,
    o coração machucado
a muito custo é curado: cuida!
  Não dês ouvido à vaidade,
    ao visgo dessa amizade
terás presa tua vontade: cuida!
  Freia o excesso de tua boca,
    é veneno, que na toca
da luxúria desemboca: cuida!
  Cuida de tudo que incite
    teu olfato a seu limite,
o Senhor não to permite: cuida!
  Cuida do tato e o que estreita,
    pois para Deus é desfeita,
e ao corpo a dor sempre espreita: cuida!
  Cuida de cada parente,
    se se apossa de tua mente,
força é andares dolente: cuida!

Guàrdate da molti amice,
    che frequentan co formice;
'n Deo te seccan le radice: guarda!
Guàrdate dal mal pensire,
    che la mente fo firire,
la tua alma emmalsanire: guarda!

JACOPONE DA TODI

Cuida de quem se avizinha
tal qual formiga daninha;
a raiz em Deus definha: cuida!
Cuida do mau pensamento,
fará da mente um tormento,
d'alma doença e lamento: cuida!

XVII

O fra Ranaldo, do' èi andato?
De quolibet hai disputato?
Or lo me di', frate Ranaldo,
ché del tuo scotto non so saldo:
si èi en Gloria o en caldo,
no lo m'ha Deo revelato.
Honne bona conscienzia
che lo morir te fo 'n pazienzia:
confessasti tua fallenzia,
assoluto dal prelato.
Or ecco ià la questione:
si avesti contrizione,
quella che è vera onzione,
che destegne lo peccato.
Ora èi ionto a la scola
ove la veretate sola
iudica onne parola
e demustra onne pensato.
Or èi ionto a Collestatte:
loco se mustra li toi fatte,
tratte so fore le carte
del male e del ben c'hai oprato:

XVII

Frei Ranaldo, onde tens andado?
Quolibet houveste disputado?
Me diz então, ó meu frei Ranaldo,
que só sei a conta, não o saldo:
se na Glória te viste, ou no val do
inferno, não me foi revelado.
Eu tenho sim inteira ciência
que houve em tua morte paciência:
confessaste tua impenitência,
pelo padre foste perdoado.
Mas eis aí contudo a questão:
se experimentaste a contrição,
aquela que é a verdadeira unção,
pronta a extinguir todo pecado.
Eis-te aí na escola exigente
onde a verdade tão-somente
julga da palavra e da mente
e demonstra o que foi pensado.
Eis-te aí: Collestatte é o lugar
onde teus feitos vão se mostrar,
'stá aberto o livro para provar
o mal e o bem que tenhas obrado:

ché non ce iova far sofisme
a quilli forti siloisme,
né per curso, né per risme,
che lo vero non sia appalato.

Conventato si en Parise
a molto onore e granne spise:
ora si ionto a quelle prise,
che stai en terra attumulato.

Aio paura che l'onore
non te traiesse de core
a tenerte lo menore
fratecello desprezato.

Dubetome de la recolta,
che dal deveto non sia sciolta,
si non pagasti ben la colta
che 'l Segnor t'avea comandato.

fazer sofismas não traz proveito
frente a um silogismo tão perfeito,
nem prosa, nem rima darão jeito
de que a verdade se haja ocultado.

Foste a Paris tornar-te doutor,
com muita despesa e grande honor,
e eis aí do que podes dispor,
fundo na terra estás sepultado.

O meu medo é que tanta honraria
perder-te o coração poderia,
desdenhoso da pouca valia
de irmão menor e desprezado.

A dúvida é se o penhor retido
na dívida será devolvido,
caso não houveres ressarcido
o que o Senhor tinha estipulado.

XLVIII

O Segnor, per cortesia,
mannàme la malsanìa!

A me la freve quartana,
la contina e la terzana,
la doppia cotidiana
co la granne etropesìa.

A me venga mal de dente,
mal de capo e mal de vente,
a lo stomaco dolor pognente,
e 'n canna la squinantìa;

mal de occhi e doglia de fianco,
e l'apostema al canto manco;
tiseco me ionga en alco,
e d'onne tempo la fernosìa.

Aia 'l fegato rescaldato,
la milza grossa, el ventre enfiato;
lo polmone sia piagato
con gran tossa e parlasìa.

JACOPONE DA TODI

XLVIII

Ó Senhor, por cortesia,
males ao corpo me envia!

Me venha a febre quartã,
febre contínua e terçã,
febre à noite e de manhã
e uma grande hidropisia.

Que me venha dor de dente,
dor de cabeça e do ventre,
arda a garganta atrozmente,
e o estômago tenha azia;

os olhos doam e o flanco,
e um abscesso que não 'stanco;
que eu fique tísico e manco,
sofra sempre de anemia.

Fique o fígado inflamado,
podre o baço, o ventre inflado;
o pulmão em mau estado
com tosse e paralisia.

A me venga le fistelli
con migliaia de carboncelli,
e li granchi siano quelli
che tutto repien ne sia.

A me venga la podagra,
mal de ciglia sì m'aggrava,
la disinterìa sia piaga
e l'emorroide a me se dia.

A me venga el mal de l'asmo,
ióngasece quel del pasmo;
como al can me venga el rasmo
ed en vocca la grancìa.

A me lo morbo caduco
de cadere em acqua e n' fuco,
e ia mai non trovi luco
ch'eo afflitto non ce sia.

A me venga cechitate,
muteza e sordetate,
la miseria e povertate,
e d'onne tempo attrapparìa.

JACOPONE DA TODI

Me venham cancros minúsculos
e milhares de furúnculos,
fístulas como carbúnculos,
sem parar, a cada dia.

Me venha grave podagra,
cílios doentes eu traga,
e hemorróida em rubra chaga
de tanta disenteria.

Que eu tenha a boca ulcerosa
e cólica impiedosa;
uma angina dolorosa
no peito, asma e asfixia.

Que o mal-caduco eu apanhe,
no fogo e na água, inane,
eu desfaleça e me banhe,
sem descanso ou melhoria.

Venham cegueira, surdez,
venha depois a mudez,
venha miséria e escassez,
penas que nada alivia.

Tanto sia el fetor fetente,
che non sia null'om vivente,
che non fuga da me dolente,
posto en tanta enfermarìa.

En terrebele fossato,
che Regoverci è nomenato,
loco sia abandonato,
da onne bona compagnia.

Gelo, granden, tempestate,
fulgure, troni e oscuritate:
non sia nulla avversitate,
che me non aia en sua bailìa.

Glie demonia enfernali
sì me sian dati a ministrali,
che m'esserciten li mali,
c'ho lucrati a mia follia.

Enfin del mondo a la finita
sì me duri questa vita,
e poi, a la sceverita,
dura morte me se dia.

JACOPONE DA TODI

Que meu fedor afugente
todo e qualquer ser vivente,
que eu siga enfermo e dolente
por uma estrada vazia.

No fosso horrível jogado
que Regoverci é chamado,
me consuma abandonado,
sem uma só companhia.

Neve, granizo, mau tempo,
raio e treva, trovão, vento:
não me poupe um contratempo,
nem se vá se me assedia.

Demônios do negro inferno
me tenham sob seu governo,
que seja um suplício eterno
meu lucro após a folia.

Neste mundo sem guarida
vá durando a dura vida,
mais tarde enfim, na partida,
me aguarde morte sombria.

Alegome en sepultura
ventre de lupo en voratura,
e l'arliquie en cacatura
en espineta e rogarìa.

Li miracul po' la morte:
chi ce ven aia le scorte,
e le vessazione forte
con terrebel fantasia.

Onn'om che m'ode mentuvare,
sì se deia stupefare,
co la croce sé signare,
che rio scuntro no i sia en via.

Segnor mio, non è vendetta
tutta la pena c'ho detta:
ché me creasti en tua diletta
e eo t'ho morto a villania.

JACOPONE DA TODI

Seja um lobo a sepultura
que me roa a ossada impura,
e relíquia a bosta escura
caída entre a ramaria.

Os milagres 'pós a morte:
com visões de toda sorte
se aflija o incauto sem norte
que acaso tome esta via.

E sempre que eu for lembrado,
sinais-da-cruz afobados
sejam a medo esboçados,
ou uma desgraça viria.

Senhor, o castigo é nada,
branda a pena reclamada:
tua cria bem-amada,
te matei por vilania.

LIII

Piagne la Ecclesia, piagne e dolura:
sente fortura de pessimo stato.
"O nobelissima mamma, che piagni?
Mustre che senti dolur molto magni:
narrame 'l modo perché tanto lagni,
che sì duro pianto fai esmesurato?"
"Figlio, eo sì piango, ché m'aio anvito:
veiome morto pate e marito;
figli, frategli, neputi ho smarrito,
onne mio amico è preso e legato.
So circundata da figli bastardi:
en onne mia pugna se mustra codardi;
li mei legitimi, spade né dardi,
lo lor coraio non era mutato.
Li mei legitimi era 'n concorda:
veio i bastardi pin de discorda;
la gente enfedele me chiama la lorda
per lo rio essempio che ò semenato.
Veio esbannita la povertate,
nullo è che cure si no 'n degnetate;
li mei legitimi en asperetate,
tutto lo monno ro fo conculcato.

LIII

Chora nossa Igreja, chora e se remói:
sente o quanto dói seu péssimo estado.
"Ó mãe nobilíssima, tu choras por quê?
está visto: grande dor te faz sofrer;
conta o que te move tal pranto a verter,
por que teu lamento tão desmesurado?"
"Filho, tem motivo meu choro sentido:
eu vi sendo morto meu pai e marido;
sangue do meu sangue eu tenho perdido,
meus amigos todos vejo agrilhoados.
Me encontro cercada de prole bastarda:
gente que na luta teme e se acovarda;
meus filhos legítimos, coração em guarda,
contra seta e gume teriam marchado.
Meus filhos legítimos eram só concórdia:
já esses bastardos vivem em discórdia;
a corja infiel me chama de sórdida
pelo mau exemplo que foi semeado.
Eu vi ser expulsas pobreza e humildade,
nada mais importa senão dignidades;
meus filhos legítimos, tudo adversidade,
o mundo a seus pés tinham sujigado.

Auro ed argento ò rebannito,
fatt'ò nimici con lor gran convito,
onne buon uso da loro è fugito:
donne 'l mio pianto con granne eiulato.

O' so li patri pieni de fide?
Null'è che cure morir l'om me vide:
la tepedeza m'ha preso ed occide,
el mio dolore non è corrottato.

O' so i profeti pin de speranza?
Null'è che cure en mia vedovanza;
presonzione presa ha baldanza,
tutto lo monno po' lei s'è rizato.

O' so l'appostoli pin de fervore?
Null'è che cure en mio dolore:
escito m'è scontra lo proprio amore,
e ià non veio che i sia contrastato.

O' so gli martiri pin de forteza?
Non è chi cure en mia vedoveza:
escita m'è scontra l'ageveleza,
el mio fervore sì ha nichilato.

O' so i prelati iusti e fervente,
che la lor vita sanava la gente?
Escit' è la pompa, grossura potente,
e sì nobel ordene m' ha maculato.

JACOPONE DA TODI

Ouro e prata seu domínio estenderam,
entre os inimigos festins se sucederam,
usos e costumes eles perverteram:
por isso meu pranto tão atribulado.

Onde estão os padres de fé verdadeira?
Não há quem se importe ao me ver à beira
do fim: bate minha hora derradeira,
e o meu sofrimento não é deplorado.

Onde os meus profetas cheios de esperança?
Não há quem se importe com meu luto e, lança
em punho, a vaidade impávida avança;
o mundo se ergue revolto a seu lado.

Onde os meus apóstolos cheios de fervor?
A ninguém importa minha imensa dor:
o amor de si contra mim veio se impor,
e nada faz crer que seja enfrentado.

Onde estão os mártires de mor robustez?
A ninguém importa minha viuvez:
foi se impondo contra mim a tibiez,
todo meu ardor foi aniquilado.

Onde os meus prelados íntegros e ardentes,
vidas devotadas, salvação das gentes?
Tudo agora é pompa, soberbas potentes,
e o que era mais nobre se vê maculado.

O' so i dotturi pin de prudenza?
Multi ne veio saliti en escienza;
ma la lor vita non m'ha convegnenza:
dato m'ò calci che 'l cor m'ò accorato.

O reliusi en temperamento,
granne de vui avea piacemento:
or vo cercanno onne convento,
pochi ne trovo en cui sia consolato.

O pace amara, co m'hai sì afflitta!
Mentre fui en pugna, sì stetti dritta;
or lo reposo m'ha presa e sconfitta,
el blando dracone sì m'ha venenato.

Null'è che venga al mio corrotto,
en ciascun stato sì m'è Cristo morto:
o vita mia, speranza e deporto,
en onne coraio te veio affocato".

JACOPONE DA TODI

Onde os meus doutores cheios de prudência?
Vejo muito deles de suma ciência;
mas não tenho mais sua obediência:
dói o coração assim golpeado.

Ó religiosos de comedimento,
grande era convosco meu contentamento:
hoje vou buscando em cada convento,
mas pouco encontro ou me tem consolado.

Oh que paz amarga, quanta desventura:
em luta me tive sempre reta e pura;
o repouso trouxe derrota e captura,
manso dragão de sopro envenenado!

Ninguém me socorre, partilha o que sofro,
em tudo e de todo o Cristo está morto:
ó vida minha, ó 'sperança e conforto,
não há coração que te haja abrigado."

LVI

O papa Bonifazio, eo porto el tuo prefazio
e la maledezone e scommunicazione.
Co la lengua forcuta m'hai fatta esa feruta:
che co la lengua ligne e la piaga me stigne:
ca questa mia feruta non pò esser guaruta
per altra condezione senza assoluzione.
Per grazia te peto che me mande: "Absolveto",
e l'altre pene me lassi fin ch'io del monno passi.
Puoi, si te vuol provare e meco essercetare,
non de questa materia, ma d'altro modo prelia.
Si tu sai sì schirmire che me sacci ferire,
tengote bene esperto, si me fieri a scoperto:
c'aio dui scudi a collo e, s'eo no i me ne tollo,
per secula infinita mai non temo ferita.
'L primo scudo sinistro, l'altro sede al deritto.
Lo sinistro scudato un diamant'è approvato;
nullo ferro ci apponta, tanto c'è dura pronta:
questo è l'odio mio, ionto a l'onor de Dio.
Lo deritto scudone, d'una preta en carbone,
ignita como foco d'uno amoroso ioco:
lo prossimo en amore d'uno enfocato ardore;
si te vol fare enante, puo'lo provar 'n estante.
E quanto vol t'abbrenca, ch'eo co l'amar non venca;

LVI

Oh sim, papa Bonifácio,   o que sofro não é fácil:
sobre a tua maldição,   a pena da excomunhão.
Tua língua de serpente   me fez esta chaga ardente:
lambe o pus com tua língua   e que a ferida se extinga,
pois ferida assim aberta   só pode ter cura certa
se cumprida a condição   de haver tua absolvição.
Atende então meu pedido,   manda: "que seja absolvido",
e deixa o mais como está   'té que do mundo eu me vá.
Queiras depois te provar,   comigo te exercitar,
faz de outra, não daquela,   a matéria da querela.
Sabendo bem esgrimir   a ponto de me ferir,
hei de ter-te por experto   se feres a descoberto:
dois escudos vão comigo,   e se neles busco abrigo,
passem séculos sem conta,   nunca temo o que me afronta.
À esquerda o primeiro escudo,   à direita está o segundo.
O flanco esquerdo intocado   em diamante é guardado;
e ferro nenhum perfura   uma têmpera tão dura:
este meu ódio de mim,   e a Deus Pai honra sem fim.
A direita bem defesa   se resguarda em brasa acesa,
ígnea pedra que se inflama   em viva, amorosa chama:
só ter ao próximo amor,   sempre inflamado calor;
se dás um passo adiante,   vais prová-lo nesse instante.
Quanto queiras cansa e pensa   para que amando eu não vença;

volontier te parlara,   credo che te iovara.
Vale, vale, vale,   Deo te tolla onne male,
e dìelome per grazia,   ch'eo 'l porto en leta facia.
Finisco lo trattato   'n questo loco lassato.

JACOPONE DA TODI

hei de dizer satisfeito   se tiras disso proveito.
Vale, vale, vale,   que Deus te livre dos males,
seja eu quem os carregue   e o faço de rosto alegre.
Deixo portanto o tratado   neste ponto terminado.

LIX

Povertate ennamorata,
grann' è la tua segnoria.

Mia è Francia ed Inghilterra,
enfra mar aio gran terra:
nulla me se move guerra,
sì la tengo en mia bailìa.

Mia è la terra de Sassogna,
mia è la terra de Guascogna,
mia è la terra de Borgogna
com tutta la Normannìa.

Mio è 'l regno Teotonicoro,
mio è 'l renno Boemioro,
Ibernia e Dacioro,
Scozia e Fresonìa.

Mia è la terra de Toscana,
mia è la valle spoletana,
mia è la Marca anconetana,
con tutta la Schiavonìa.

JACOPONE DA TODI

LIX

Pobreza tão enamorada,
é imensa tua senhoria.

Minha é a França e a Inglaterra,
e além-mar inda mais terra:
ninguém ali trava guerra,
se tenho a soberania.

Minha é a terra da Saxônia,
minha a terra da Gasconha,
minha a terra da Borgonha
e mais toda a Normandia.

Meu é o reino teutão,
Ibérnia, Boêmia, o chão
da Escócia e o dácio rincão,
a Frísia remota e fria.

Minha a terra da Toscana,
minha a várzea espoletana,
minha a Marca anconitana,
solo eslavo e cercania.

Mia è la terra cicigliana,
Calavria e Puglia piana,
Campania e terra romana
con tutto 'l pian de Lombardia.

Mia è Sardenna e renno Cipri,
Corseca e quel de Criti,
de là da mar gente enfeniti,
che non saccio là 've stia.

Medi, Persi ed Elamiti,
Iacomini e Nestoriti,
Jurgiani, Etiopiti,
India e barbarìa.

Le terra ho dato a lavoranno,
ai vassalli a coltivanno:
li frutti dono en anno en anno,
tant' è la mia cortesia.

Terra, erbe con lor coluri,
arbori e frutti com sapuri,
bestie, miei serveduri,
tutte en mia bevolcarìa.

JACOPONE DA TODI

Meu o chão siciliano,
Calábria, Puglia e seu plaino,
Campânia, o solo romano
e mais toda a Lombardia.

Minha a Córsega e o reinado
cretense, o cíprico e o sardo,
mar além povo incontado,
que eu mesma não saberia.

O elamita, o medo, o persa,
o etíope e a gente dispersa
pela Geórgia, a perversa
Índia e toda a barbaria.

Terra p'ra cultivo e uso
ao vassalo eu não recuso:
o dom do fruto é profuso,
tanta é minha cortesia.

Relva, campos multicores,
árvores, frutas, sabores,
bichos, fiéis servidores:
minha agreste companhia.

Acque, fiumi, lachi e mare,
pescetegli en lor notare,
aere, venti, ocei volare,
tutti me fo iollarìa.

Luna, sole, cielo e stelle
fra miei tesor non so chevelle:
de sopr'a ciel sì ston quelle
che tengo la mia melodia.

Puoi che Deo ha lo mio velle,
possessor d'onne chevelle,
le mie ale ò tante penne,
de terra en ciel non m'è via.

Puoi el mio voler a Deo è dato,
possessor eo d'onne stato:
'n lor amor so trasformato,
ennamorata cortesia.

JACOPONE DA TODI

Águas, rios, lago e mar,
o peixezinho a nadar,
ventos, aves pelo ar:
meu mimo, minha alegria.

Lua e sol, o céu e os astros
são tesouros que descarto:
sobre o céu estão os lastros
a manter-me a melodia.

Sendo só Deus meu desejo,
detentor de quanto vejo,
tenho asas para o ensejo
desta excelsa travessia.

Sendo só Deus o que almejo,
tenho tudo de sobejo:
a seu amor eu cortejo,
enamorada porfia.

LXXVII

O amore muto,
che non vole parlare   che non si conosciuto!
O amor, che te celi   per onne stascione,
c'omo da for non senta   la tua affezione,
che non la senta latrone,
per quel c'hai guadagnato,   che non te sia raputo!
Quanto l'om più te cela,   tanto più 'n foco abunne:
omo, tene occultanno,   sempre a lo foco iugne;
ed omo c'ha le pugne
de volere parlare,   spesse volte è feruto.
Omo che se destenne   de dir so entennemento,
avvenga che sia puro   'l primo comenzamento,
vènce da for lo vento
e vali spalianno   quel c'ave receputo.
Omo che ha alcun lume   en candela appicciato,
si vol che arda en pace,   mettelo a lo celato,
ed onne uscio ha enserrato,
che no i venga lo vento,   che 'l lume sia stenguto.
Tale amore ha posto   silenzio a li sospire,
èsse parato a l'uscio   e no i ne larga escire;
dentro i fa parturire,
che non se spanna la mente   da quello c'ha sentuto.

LXXVII

Ó amor mudo,
não queres falar, pois te pões desnudo!
Ó amor oculto 'stação a estação,
que ninguém perceba a tua afeição,
não tentes ladrão,
pois o que ganhaste levaria, tudo!
Tanto mais oculto em fogo forceja:
quanto mais se esconde, mais fogo lampeja;
porém na peleja
de falar se fere, baixando seu escudo.
Quem corre a dizer seu entendimento,
bem que seja puro o primeiro intento,
vem de fora o vento
e vai dissipando o caro conteúdo.
Quem tiver aceso lume numa vela,
se quer que arda em paz trata de escondê-la,
tranca a porta e vela,
que o lume se apaga se venta a miúdo.
Amor assim torna silentes os ais,
vigiando à porta não cede jamais:
e ali dentro os traz;
do que prova a mente não relaxa o estudo.

Si se n'esce el suspiro, esce po' lui la mente,
va po' lui vanianno, larga quel c'ha en presente;
puoi che se ne resente,
non pote retrovare quel c'avea receputo.

Tale amore ha sbannito da sé la ipocresia:
che esca del suo contato, che trovata non sia;
de gloria falsa e ria
sì n'ha fatta la caccia de lei e de suo tributo.

JACOPONE DA TODI

Se escapa um só ai,   vai com ele a mente,
vai ligeira e vã,   desdenha o presente;
depois se ressente,
não achando o que   tivera contudo.

Amor assim tolhe   toda hipocrisia:
deixa seu condado,   ao largo te avia;
e a glória vazia,
mendaz, ele vence,   e seu gume agudo.

LXXXIII

O dolze amore, c'hai morto l'Amore,
prego che m'occide d'amore.

Amor, c'hai menato lo tuo ennamorato
a cusì forte morire,
pro che 'l facisti, che non volisti
ch'eo devesse perire?
Non me parcire, non voler soffrire
ch'eo non moga abbracciato d'Amore.

Si non perdonasti a quel che sì amasti,
como a me vòi perdonare?
Segno è si m'ami, che tu me c'enami,
como pesce che non pò scampare.
E non perdonare ca el m'è en amare
ch'eo moga annegato en amore.

L'Amore sta appeso, la croce l'ha preso
e non larga partire.
Vocce currendo e mo me ce appendo,
ch'eo non possa smarrire:
ca lo fugire farìame sparire,
ch'eo non fora scritto en amore.

LXXXIII

Ó doce amor,   assassino do Amor,
peço que me mates de amor.
Amor, eis aí levado   teu enamorado
a tão duro morrer;
por que o fizeste,   por que não quiseste
que eu devesse perecer?
Não hás de me esquecer,   não hás de querer
que eu não morra nos braços do Amor.
Se não perdoaste   a quem tanto amaste,
como a mim vais perdoar?
É sinal que sou amado,   se por ti eu sou fisgado
e como um peixe não posso escapar.
Não me deves perdoar,   está em meu amar
que eu morra sufocado de amor.
O Amor, ei-lo que pende,   a cruz o prende
e não o deixa partir.
À cruz vou correndo   e a ela me prendo,
para a perda prevenir:
porque o fugir   faria eu me consumir,
faria eu não ser inscrito no amor.

O croce, eo m'appicco   e a te m'afficco,
ch'eo gusti morendo la vita:
ché tu n'èi ornata,   o morte melata;
tristo che non t'ho sentita!
O Alma sì ardita   d'aver sua ferita,
ch'eo moga accorato d'amore.

Vocce currendo,   en croce legendo,
nel libro che c'è, ensanguenato:
ca essa scrittura   me fa en natura
e' n filosofia conventato.
O libro signato,   che dentro èi enaurato
e tutto fiorito d'amore!

O amor d'agno,   maior che mar magno,
e chi de te dir porrìa?
A chi c'è annegato   de sotto e da lato
e non sa do' se sia,
e la pazia   li par ritta via
de gire empazato d'amore.

JACOPONE DA TODI

Ó cruz, eu estou aqui,   firme junto a ti:
que eu prove morrendo dessa vida
que é teu adorno e troféu,   ó morte de mel;
triste de mim a quem não foste concedida!
Ó Alma assim decidida,   sequiosa da ferida,
que eu morra flagelado de amor.

À cruz vou correndo,   no lenho vou lendo,
no livro que é, ensangüentado:
pois tal escritura   me faz em natura
e'm filosofia cultivado.
Ó livro sagrado,   por dentro és dourado
e todo florido de amor!

Ó amor de cordeiro,   maior que o mar inteiro,
quem te dizer poderia?
Quem tivesses afogado,   onde embaixo, onde de lado,
como saberia?
Mas louco se fia   que é reta via
seguir enlouquecido de amor.

XCIII

“Donna de paradiso,
lo tuo figliolo è priso,   Iesù Cristo beato.
Accurre, donna, e vide   che la gente l’allide:
credo che lo s’occide,   tanto l’ò flagellato”.
“Com’essere porrìa;   che non fece follìa,
Cristo, la spene mia,   om l’avesse pigliato?”
“Madonna, ell’è traduto,   Iuda sì l’ha vennuto,
trenta danar n’ha avuto,   fatto n’ha gran mercato”!
“Succurre, Maddalena: ionta m’è adosso piena:
Cristo figlio se mena,   como hane annunziato”.
“Succurre, donna, adiuta,   ca ‘l tuo figlio se sputa
e la gente lo muta: ò lo dato a Pilato”.
“O Pilato, non fare   ‘l figlio mio tormentare,
ch’eo te posso mustrare   como a torto è accusato”.
“Crucifige, crucifige!   Omo che se fa rege,
secondo nostra lege   contradice al senato”.
“Prego che me ’ntennate,   nel mio dolor pensate:
forsa mo vo mutate   de che avete pensato”.
“Tragam for li ladruni,   che sian soi compagnuni:
de spine se coruni,   ché rege s’ha chiamato”.
“O figlio, figlio, figlio,   figlio, amoroso giglio,
figlio, chi dà consiglio   al cor mio angustiato?

JACOPONE DA TODI

XCIII

"Nossa Senhora do céu,
está preso o filho teu, Jesus Cristo abençoado.
Acode, senhora, vê como o açoitam sem mercê,
que logo o matam se crê, de tal modo é flagelado."
"Como então se poderia; se maldade não fazia,
a esperança dos meus dias, Cristo, cativo e levado?"
"Senhora, pois foi traído, por Judas ele foi vendido,
a paga teriam sido trinta dinheiros contados!"
"Corre, ajuda, Madalena, que já estou morta de pena:
é Cristo quem se condena, assim como anunciado."
"Socorre, ajuda, senhora, lhe cospem no rosto agora,
é empurrado e sem demora 'té Pilatos arrastado."
"Livra meu filho, Pilatos, faz cessarem os maus-tratos
que te ponho a par dos fatos, sem razão ele é acusado."
"Prendei-o na cruz, prendei! Homem que passa por rei,
de acordo com nossa lei, desobedece ao senado."
"Suplico que me escuteis, minha dor considereis,
muda quem sabe o que haveis já resolvido e pensado."
"Que tenha em ladrões mesquinhos, companheiros escarninhos:
que se coroe de espinhos, a quem rei foi proclamado."
"Ó meu filho, filho, filho, ó filho, amoroso lírio,
meu filho, onde encontra auxílio meu coração angustiado?

Figlio occhi iocondi, figlio, co non respondi?
Figlio, perché t'ascondi dal petto o' si lattato?".
"Madonna, ecco la cruce, che la gente li adduce,
ove la vera luce dé' essere levato".
"O croce, e che farai? El figlio mio torrai?
E che ce apponerai, che non ha en sé peccato?".
"Succurre, piena de doglia, ca 'l tuo figlio se spoglia:
la gente par che voglia che sia martirizzato".
"Se i tollete el vestire, lassatelme vedire,
como 'n crudel ferire tutto l'ò 'nsanguenato".
"Donna, la man li è presa, en ella croce è stesa:
con un bollon l'ò fesa, tanto lo ci ò ficcato.
L'altra mano se prenne e 'n la croce se stenne,
e lo dolor s'accenne, ch'è più multiplicato.
Donna, li pè se prenno e chiavellanse al lenno:
onne iontura aprenno tutto l'ò esdenodato".
"E eo comenzo el corrotto: figlio lo mio deporto;
figlio, chi me t'ha morto, figlio mio dilicato?
Meglio averìeno fatto che 'l cor m'avisser tratto,
che ne la croce è tratto, stace su desciliato".
"Mamma, ove si venuta? Mortal me dài feruta,
ca 'l tuo piagner me stuta, ché 'l veio si afferrato".
"Figlio, che m' aio anvito, figlio, pate e marito!
Figlio, chi t'ha ferito? Figlio, chi t'ha spogliato?".
"Mamma, per che te lagni? Voglio che tu remagni,
che servi ai mei compagni, c'al monno aio acquistato".

JACOPONE DA TODI

Filho, olhos de brandura, filho, o silêncio perdura?
Filho, o peito não procuras onde tu foste aleitado?"
"Senhora, eis aí a cruz a que essa gente o conduz,
onde a verdadeira luz, o Cristo há de ser alçado."
"Ó cruz, o que tu farás? O filho meu tu terás?
Mas por que o punirás, sem haver nele pecado?"
"Corre, ajuda, ó dolorosa, já o desnuda essa raivosa
gente, qual se desejosa de vê-lo martirizado."
"Lhe tomais o de vestir? Deixai eu o assistir:
foi cruel tanto ferir, inteiro está ensangüentado."
"Minha senhora, lhe prendem a mão e na cruz a estendem:
a palma aberta lhe fendem, com um prego fundo fincado.
A outra mão é estendida rente à cruz, é atingida,
tanta dor, tanta ferida, e os golpes multiplicados.
Minha senhora, lhe pegam os pés e no lenho pregam:
as juntas rotas despegam, parece inteiro alquebrado."
"E o meu pranto se desata: filho, alegria mais grata,
filho, quem é que te mata, filho meu tão delicado?
Melhor seria meu estado se o coração arrancado
me houvessem, que está cravado nesta cruz, despedaçado."
"Minha mãe, onde vieste? Chaga mortal me fizeste,
dói ver este choro agreste, este peito desolado."
"Filho, meu choro é sentido, filho, meu pai e marido!
Filho, tu foste ferido? Filho, foste desnudado?"
"Minha mãe, por que o lamento? Fica e atende ao que intento,
aos fiéis trarás alento, nesse mundo conquistados."

"Figlio, questo non dire: voglio teco morire;
non me voglio partire, fin che mo m'esce 'l fiato:
c'una aiàm sepultura, figlio de mamma scura:
trovarse em affrantura mate e figlio affocato!".
"Mamma col core afflito, entro le man te mitto
de Ioanne, mio eletto: sia el tuo figlio appellato.
Ioanne, esto mia mate: tollela en caritate,
agine pietate, ca lo cor sì ha forato".
"Figlio, l'alma t'è 'scita, figlio de la smarrita,
figlio de la sparita, figlio attossecato.
Figlio bianco e vermiglio, figlio senza simiglio,
figlio, a chi m'appiglio? Figlio, pur m'hai lassato!
Figlio bianco e bionno, figlio volto ioconno,
figlio, per che t'ha 'l monno, figlio, cusì sprezato?
Figlio, dolze e placente, figlio de la dolente,
figlio, hatte la gente malamente trattato.
Ioanne, figlio novello, mort'è lo tuo fratello:
ora sento 'l coltello che fo profitizato,
che moga figlio e mate, 'n dura morte afferrate:
trovarse abbraccecate mate e figlio empiccato!".

JACOPONE DA TODI

"Filho, não fales assim: junto a ti quero meu fim;
não te apartarás de mim, até que eu tenha expirado:
uma mesma sepultura filho e mãe na desventura
hão de ter, na cova escura mãe e filho sufocados!"
"Minha mãe de peito tão aflito, às mãos de João
te entrego, dileto irmão: teu filho será chamado.
João, eis a minha mãe: tua piedade a acompanhe,
em caridade se banhe seu coração lacerado."
"Filho, tua alma se foi, filho da que se remói,
que se consome e se dói, filho todo conspurcado.
Filho tão branco e tão rubro, filho igual onde descubro?
onde me abrigo e me cubro? Filho, hás então me deixado!
Filho tão branco e tão louro, mas por quê, meu filho de ouro,
o mundo quis teu desdouro, por que foste desprezado?
Filho doce e complacente, filho de uma padecente,
foste por toda essa gente, filho, muito mal tratado.
João, novo filho meu, teu irmão pereceu:
o cutelo enfim se ergueu como foi profetizado;
morram filho e mãe unidos, em dura morte colhidos:
a mãe de braços cingidos no filho crucificado!"